COLLECTION
FOLIO / ESSAIS

Maurice Merleau-Ponty

L'Œil et l'Esprit

Préface de Claude Lefort

Gallimard

Couverture :
Paul Klee, *Abendliche Figur*, 1935. L 13 (53).
Aquarelle à l'œuf sur Ingres.

PRÉFACE

L'Œil et l'Esprit *est le dernier écrit que Merleau-Ponty put achever de son vivant. André Chastel lui avait demandé une contribution au premier numéro d'*Art de France. *Il en fit un essai, lui consacra le principal de l'été, cette année-là (1960), – ce qui devait être ses dernières vacances. Rien n'annonçait alors l'arrêt du cœur, soudain, dont il serait victime au printemps suivant.*

Installé, pour deux ou trois mois, dans la campagne provençale, non loin d'Aix, au Tholonet, dans la maison que lui avait louée un peintre – La Bertrane *–, goûtant le plaisir de ce lieu qu'on sentait fait pour être habité, mais surtout, jouissant chaque jour du paysage qui porte à jamais l'em-*

preinte de l'œil de Cézanne, Merleau-Ponty réinterroge la vision, en même temps que la peinture. Ou plutôt, il l'interroge comme pour la première fois, comme s'il n'avait pas l'année précédente reformulé ses anciennes questions dans Le Visible et l'Invisible, *comme si tous ses ouvrages antérieurs – et, d'abord le grand édifice de la* Phénoménologie de la Perception *(1945) – ne pesaient pas sur sa pensée, ou bien pesaient trop, de telle sorte qu'il fallut les oublier pour regagner la force de l'étonnement. Il cherche, une fois de plus, les mots du commencement, des mots, par exemple, capables de nommer ce qui fait le miracle du corps humain, son inexplicable animation, sitôt noué son dialogue muet avec les autres, le monde et lui-même – et aussi la fragilité de ce miracle. Et ces mots, le fait est qu'il les trouve : « Un corps humain est là, quand entre voyant et visible, entre touchant et touché, entre un œil et l'autre, entre la main et la main se fait une sorte de recroisement, quand s'allume l'étincelle du sentant sensible, quand prend ce feu qui ne cessera pas de brûler jusqu'à ce que tel accident du corps défasse ce que nul accident n'aurait suffi à faire... »*

Ici, la parole se libère des contraintes de la théorie. Cette célébration du corps – où se tient la pensée de son inévitable, fulgurante désintégration – communique quelque chose de la présence de celui qui parle et de son trouble. Nous devinons, par-delà l'émerveillement que lui procure l'art du peintre, ce premier émerveillement qui naît du seul fait de voir, de sentir et de surgir, soi, là – du fait de cette double rencontre et du monde et du corps, à la source de tout savoir et qui excède le concevable.

Telle est sans doute la raison du charme singulier qu'exerce cet écrit philosophique. La méditation sur le corps, la vision, la peinture, porte trace des regards, des gestes d'un homme vivant et de l'espace qu'ils traversent et qui les anime. Le morceau de cire ou de craie, la table, le cube, ces emblèmes squelettiques de la chose perçue, que se sont si souvent donnés les philosophes pour la dissoudre par le calcul, tout occupés qu'ils étaient à chercher le salut de l'âme dans la délivrance du sensible, on dirait qu'ils n'avaient été choisis que pour attester la misère du monde que nous habitons. En revanche, pour extraire de la vision, du visible, ce qu'ils demandent à la pensée, c'est tout un paysage qu'évoque Merleau-Ponty, un paysage qui déjà avait capté l'esprit avec l'œil, où le proche se diffuse dans le lointain et le lointain fait vibrer le proche, où la présence des choses se donne sur fond d'absence, où s'échangent l'être et l'apparence. « Quand je vois à travers l'épaisseur de l'eau le carrelage au fond de la piscine, je ne le vois pas malgré l'eau, les reflets, je le vois justement à travers eux, par eux. S'il n'y avait pas ces distorsions, ces zébrures de soleil, si je voyais sans cette chair la géométrie du carrelage, c'est alors que je cesserais de le voir comme il est, où il est, à savoir : plus loin que tout lieu identique. L'eau elle-même, la puissance aqueuse, l'élément sirupeux et miroitant, je ne peux pas dire qu'elle est dans *l'espace; elle n'est pas ailleurs, mais elle n'est pas dans la piscine. Elle l'habite, elle s'y matérialise, elle n'y est pas contenue, et si je lève les yeux vers l'écran des cyprès où joue le réseau des reflets, je ne puis contester que l'eau le visite aussi, ou du moins y envoie son essence active et vivante. »*

Dans le moment où il écrivait ces lignes, Merleau-Ponty se trouvait dans une chambre, sans doute, dont les murs épais le protégeaient contre la lumière et les bruits du dehors. Cependant sa pensée gardait, imprimée en elle, la vision de l'eau dans la piscine et de l'écran des cyprès et le mouvement même des yeux qui les avait unis. Je le sais pour les avoir vus, cette piscine, un modeste bassin en vérité, ces arbres se tenaient là, tout proches de la maison. Au reste, peu importe qu'ils fussent sous son regard un moment plus tôt, ils auraient pu resurgir du fond de sa mémoire. Le fait est que pour penser il lui fallait les convoquer et que son écriture retentit de l'éclat du visible et le transmet

La conviction que tous les problèmes de philosophie doivent être reposés à l'examen de la perception, l'on sait que, pour une part, Merleau-Ponty l'a tirée de la lecture de Husserl. On retrouve, par exemple, dans L'Œil et l'Esprit, *une critique de la science moderne, de sa confiance allègre, mais aveugle, dans ses constructions, et une critique de la pensée réflexive, de son impuissance à rendre raison de l'expérience du monde d'où elle surgit, qui, toutes deux, exploitent et reformulent l'argument du fondateur de la Phénoménologie. Mais, si manifeste soit-elle, cette filiation ne devrait pas faire oublier ce que doit l'œuvre de notre auteur à sa méditation sur la peinture.*

Elle s'exprime déjà dans Le Doute de Cézanne, *l'un de ses tout premiers essais, publié (dans* Fontaine*) l'année même où paraît la* Phénoménologie de la Perception *(1945), mais rédigé trois ans plus tôt. Elle se poursuit dans* Le Langage indirect et les Voix du silence *(1952) – version remaniée du chapitre d'un livre abandonné, la* Prose du Monde *– où s'esquisse une conception de l'expression et de l'histoire qui annonce un passage au-delà des frontières de la phénoménologie, l'exigence d'une nouvelle ontologie à laquelle feront pleinement droit les derniers écrits. S'il est sûr que le refus de suivre Husserl dans l'élaboration d'un idéalisme d'un nouveau genre procède de l'analyse des contra-*

dictions dans lesquelles cette tentative s'embarrasse, nul doute qu'il se fonde aussi sur l'observation des paradoxes dont se nourrissent l'expression, l'art et la peinture en particulier. Celle-ci ne s'accommode pas de l'illusion d'un pur retour à « l'expérience muette », d'une mise à nu des essences dans lesquelles se reconnaîtrait l'ouvrage de la conscience transcendantale. Le travail du peintre persuade Merleau-Ponty de l'impossible partage de la vision et du visible, de l'apparence et de l'être. Il lui apporte le témoignage d'une interrogation interminable, qui se relance d'œuvre en œuvre, ne saurait déboucher sur une solution et, pourtant, délivre une connaissance, a la singulière propriété de n'obtenir cette connaissance, celle du visible, que par un acte qui le fait advenir sur une toile.

Au terme d'une critique de la démarche cartésienne, qui requiert une nouvelle idée de la philosophie, Merleau-Ponty déclare : « (...) cette philosophie qui est à faire, c'est celle qui anime le peintre, non quand il exprime des opinions sur le monde, mais à l'instant où sa vision se fait geste, quand, dira Cézanne, il " pense en peinture ". » Ainsi fait-il entendre qu'il n'est pas de pensée pure, que lorsque la philosophie pousse l'interrogation jusqu'à demander : qu'est-ce que penser?, qu'est-ce que le monde, l'histoire, la politique ou l'art, toute expérience que la pensée prend en charge? elle-même ne peut, ne doit s'ouvrir son chemin qu'en accueillant l'énigme qui hante le peintre, qu'en liant à son tour connaissance et création, dans l'espace de l'œuvre, qu'en faisant voir avec des mots.

L'Œil et l'Esprit *n'indique pas seulement ce chemin, il le trace déjà par un certain mode d'écriture; il ne formule pas seulement une exigence, il la rend sensible. La méditation sur la peinture donne à son auteur la ressource d'une parole neuve, toute proche de la parole littéraire et même poétique, d'une parole qui argumente, certes, mais réussit à se soustraire à tous les artifices de la technique qu'une tradition académique avait fait croire inséparable du discours philosophique.*

Claude Lefort

« Ce que j'essaie de vous traduire est plus mystérieux, s'enchevêtre aux racines mêmes de l'être, à la source impalpable des sensations. »

J. Gasquet, *Cézanne.*

1. Alberto Giacometti, *Portrait d'Aimé Maeght*, 1960.
Photo © Galerie Maeght Lelong © A.D.A.G.P., 1985.

2. Paul Cézanne, *La Montagne Sainte-Victoire*, v. 1900.
Musée du Louvre, Paris. Photo © Musées nationaux.

3. Nicolas de Staël, *Atelier vert*, 1954. Collection particulière.
Photo © Galerie Jeanne Bucher © A.D.A.G.P., 1985.

4. Henri Matisse, *Baigneuse aux cheveux longs*, 1942.
Photo collection Claude Duthuit © S.P.A.D.E.M., 1985.

5. Paul Klee, *Park bei Lu* (Lucerne), 1938. J 9 (129).
Huile sur papier journal, 100 x 70, signé en haut à droite.
Fondation Paul Klee, Berne. Photo © Held-Ziolo © A.D.A.G.P., 1985.

6. Germaine Richier, *La Sauterelle (Moyenne)*, 1945.
Photo F. Guiter © A.D.A.G.P., 1985.

7. Auguste Rodin, *Femme accroupie*, 1882. Musée Rodin, Paris.
Photo Bruno Jarret © Musée Rodin.

I

La science manipule les choses et renonce à les habiter. Elle s'en donne des modèles internes et, opérant sur ces indices ou variables les transformations permises par leur définition, ne se confronte que de loin en loin avec le monde actuel. Elle est, elle a toujours été, cette pensée admirablement active, ingénieuse, désinvolte, ce parti pris de traiter tout être comme « objet en général », c'est-à-dire à la fois comme s'il ne nous était rien et se trouvait cependant prédestiné à nos artifices.

Mais la science classique gardait le sentiment de l'opacité du monde, c'est lui qu'elle entendait rejoindre par ses constructions, voilà pourquoi elle se croyait obligée de chercher pour ses opérations un fondement transcendant ou transcendantal. Il y a aujourd'hui — non dans la science, mais dans une philosophie des sciences assez répandue — ceci de tout nouveau que la pratique constructive se prend et se donne pour autonome, et que la pensée se réduit délibérément à l'ensemble des techniques de prise ou de captation qu'elle invente. Penser, c'est essayer, opérer, transformer, sous la seule réserve d'un contrôle expérimental où n'interviennent que des phénomènes hautement « travaillés », et que nos appareils produisent plutôt qu'ils ne les enregistrent. De là toutes sortes de tentatives vagabondes. Jamais comme aujourd'hui la science n'a été sensible aux modes intellectuelles. Quand un modèle a réussi dans un ordre de problèmes, elle l'essaie partout. Notre embryologie, notre biologie sont à présent toutes pleines de *gradients* dont on ne voit pas au juste comment ils se distinguent de ce que les classiques appelaient ordre ou totalité, mais la question n'est pas posée, ne doit pas l'être. Le gradient est un filet qu'on jette à la mer sans savoir ce qu'il ramènera. Ou encore, c'est le maigre rameau sur lequel se feront des cristallisations imprévisibles. Cette liberté d'opération est certainement en passe de surmonter beaucoup de dilemmes vains, pourvu que de temps à autre on fasse le point, qu'on se demande pourquoi l'outil fonctionne ici, échoue ailleurs, bref que cette science fluente se comprenne elle-même, qu'elle se voie comme construction sur la base d'un monde brut ou existant et ne revendique pas pour des opérations aveugles la valeur constituante que les « concepts de la nature » pouvaient avoir dans une philosophie idéaliste. Dire que le monde *est* par définition nominale l'objet X de nos opérations, c'est porter à l'absolu la situation de connaissance du savant, comme si tout ce qui fut ou est n'avait jamais été que pour entrer au laboratoire. La pensée « opératoire » devient une sorte d'artificialisme absolu, comme on voit dans l'idéologie cybernétique, où les créations humaines sont dérivées d'un processus naturel d'information, mais lui-même conçu sur le modèle des machines humaines. Si ce genre de pensée prend en charge l'homme et l'histoire, et si, feignant d'ignorer ce que nous en savons par contact et par position, elle entreprend de les construire à partir de quelques indices abstraits, comme l'ont fait aux États-Unis une psychanalyse et un culturalisme décadents, puisque l'homme devient vraiment le *manipulandum* qu'il pense être, on entre dans un régime de culture où il n'y a plus ni vrai ni faux touchant l'homme et l'histoire, dans un sommeil ou un cauchemar dont rien ne saurait le réveiller.

Il faut que la pensée de science — pensée de survol, pensée de l'objet en général — se replace dans un « il y a » préalable, dans le site, sur le sol du monde sensible et du monde ouvré tels qu'ils sont dans notre vie, pour notre corps, non pas ce corps possible dont il est loisible de soutenir qu'il est une machine à information, mais ce corps actuel que j'appelle mien, la sentinelle qui se tient silencieusement sous mes paroles et sous mes actes. Il faut qu'avec mon corps se réveillent les *corps associés*, les « autres », qui ne sont pas mes congénères, comme dit la zoologie, mais qui me hantent, que je hante, avec qui je hante un seul Être actuel, présent, comme jamais animal n'a hanté ceux de son espèce, son territoire ou son milieu. Dans cette historicité primordiale, la pensée allègre et improvisatrice de la science apprendra à s'appesantir sur les choses mêmes et sur soi-même, redeviendra philosophie...

Or l'art et notamment la peinture puisent à cette nappe de sens brut dont l'activisme ne veut rien savoir. Ils sont même seuls à le faire en toute innocence. A l'écrivain, au philosophe, on demande conseil ou avis, on n'admet pas qu'ils tiennent le monde en suspens, on veut qu'ils prennent position, ils ne peuvent décliner les responsabilités de l'homme parlant. La musique, à l'inverse, est trop en deçà du monde et du désignable pour figurer autre chose que des épures de l'Être, son flux et son reflux, sa croissance, ses éclatements, ses tourbillons. Le peintre est seul à avoir droit de regard sur toutes choses sans aucun devoir d'appréciation. On dirait que devant lui les mots d'ordre de la connaissance et de l'action perdent leur vertu. Les régimes qui déclament contre la peinture « dégénérée » détruisent rarement les tableaux : ils les cachent, et il y a là un « on ne sait jamais » qui est presque une reconnaissance; le reproche d'évasion, on l'adresse rarement au peintre. On n'en veut pas à Cézanne d'avoir vécu caché à l'Estaque pendant la guerre de 1870, tout le monde cite avec respect son « c'est effrayant, la vie », quand le moindre étudiant, depuis Nietzsche, répudierait rondement la philosophie s'il était dit qu'elle ne nous apprend pas à être de grands vivants. Comme s'il y avait dans l'occupation du peintre une urgence qui passe toute autre urgence. Il est là, fort ou faible dans la vie, mais souverain sans conteste dans sa rumination du monde, sans autre « technique » que celle que ses yeux et ses mains se donnent à force de voir, à force de peindre, acharné à tirer de ce monde où sonnent les scandales et les gloires de l'histoire des *toiles* qui n'ajouteront guère aux colères ni aux espoirs des hommes, et personne ne murmure. Quelle est donc cette science secrète qu'il a ou qu'il cherche? Cette dimension selon laquelle Van Gogh veut aller « plus loin »? Ce fondamental de la peinture, et peut-être de toute la culture?

II

Le peintre « apporte son corps », dit Valéry. Et, en effet, on ne voit pas comment un Esprit pourrait peindre. C'est en prêtant son corps au monde que le peintre change le monde en peinture. Pour comprendre ces transsubstantiations, il faut retrouver le corps opérant et actuel, celui qui n'est pas un morceau d'espace, un faisceau de fonctions, qui est un entrelacs de vision et de mouvement.

Il suffit que je voie quelque chose pour savoir la rejoindre et l'atteindre, même si je ne sais pas comment cela se fait dans la machine nerveuse. Mon corps mobile compte au monde visible, en fait partie, et c'est pourquoi je peux le diriger dans le visible. Par ailleurs il est vrai aussi que la vision est suspendue au mouvement. On ne voit que ce qu'on regarde. Que serait la vision sans aucun mouvement des yeux, et comment leur mouvement ne brouillerait-il pas les choses s'il était lui-même réflexe ou aveugle, s'il n'avait pas ses antennes, sa clairvoyance, si la vision ne se précédait en lui? Tous mes déplacements par principe figurent dans un coin de mon paysage, sont reportés sur la carte du visible. Tout ce que je vois par principe est à ma portée, au moins à la portée de mon regard, relevé sur la carte du « je peux ». Chacune des deux cartes est complète. Le monde visible et celui de mes projets moteurs sont des parties totales du même Être.

Cet extraordinaire empiétement, auquel on ne songe pas assez, interdit de concevoir la vision comme une opération de pensée qui dresserait devant l'esprit un tableau ou une représentation du monde, un monde de l'immanence et de l'idéalité. Immergé dans le visible par son corps, lui-même visible, le voyant ne s'approprie pas ce qu'il voit : il l'approche seulement par le regard, il ouvre sur le monde. Et de son côté, ce monde, dont il fait partie, n'est pas en soi ou matière. Mon mouvement n'est pas une décision d'esprit, un faire absolu, qui décréterait, du fond de la retraite subjective, quelque changement de lieu miraculeusement exécuté dans l'étendue. Il est la suite naturelle et la maturation d'une vision. Je dis d'une chose qu'elle est mue, mais mon corps, lui, *se* meut, mon mouvement *se* déploie. Il n'est pas dans l'ignorance de soi, il n'est pas aveugle pour soi, il rayonne d'un soi...

L'énigme tient en ceci que mon corps est à la fois voyant et visible. Lui qui regarde toutes choses, il peut aussi se regarder, et reconnaître dans ce qu'il voit alors l' « autre côté » de sa puissance voyante. Il se voit voyant, il se touche touchant, il est visible et sensible pour soi-même. C'est un soi, non par transparence, comme la pensée, qui ne pense quoi que ce soit qu'en l'assimilant, en le constituant, en le transformant en pensée — mais un soi par confusion, narcissisme, inhérence de celui qui voit à ce qu'il voit, de celui qui touche à ce qu'il touche, du sentant au senti — un soi donc qui est pris entre des choses, qui a une face et un dos, un passé et un avenir...

Ce premier paradoxe ne cessera pas d'en produire d'autres. Visible et mobile, mon corps est au nombre des choses, il est l'une d'elles, il est pris dans le tissu du monde et sa cohésion est celle d'une chose. Mais, puisqu'il voit et se meut, il tient les choses en cercle autour de soi, elles sont une annexe ou un prolongement de lui-même, elles sont incrustées dans sa chair, elles font partie de sa définition pleine et le monde est fait de l'étoffe même du corps. Ces renversements, ces antinomies sont diverses manières de dire que la vision est prise ou se fait du milieu des choses, là où un visible se met à voir, devient visible pour soi et par la vision de toutes choses, là où persiste, comme l'eau mère dans le cristal, l'indivision du sentant et du senti.

Cette intériorité-là ne précède pas l'arrangement matériel du corps humain, et pas davantage elle n'en résulte. Si nos yeux étaient faits de telle sorte qu'aucune partie de notre corps ne tombât sous notre regard, ou si quelque malin dispositif, nous laissant libre de promener nos mains sur les choses, nous empêchait de toucher notre corps — ou simplement si, comme certains animaux, nous avions des yeux latéraux, sans recoupement des champs visuels — ce corps qui ne se réfléchirait pas, ne se sentirait pas, ce corps presque adamantin, qui ne serait pas tout à fait chair, ne serait pas non plus un corps d'homme, et il n'y aurait pas d'humanité. Mais l'humanité n'est pas produite comme un effet par nos articulations, par l'implantation de nos yeux (et encore moins par l'existence des miroirs qui pourtant rendent seuls visible pour nous notre corps entier). Ces contingences et d'autres semblables, sans lesquelles il n'y aurait pas d'homme, ne font pas, par simple sommation, qu'il y ait un seul homme. L'animation du corps n'est pas l'assemblage l'une contre l'autre de ses parties — ni d'ailleurs la descente dans l'automate d'un esprit venu d'ailleurs, ce qui supposerait encore que le corps lui-même est sans dedans et sans « soi ». Un corps humain est là quand, entre voyant et visible, entre touchant et touché, entre un œil et l'autre, entre la main et la main se fait une sorte de recroisement, quand s'allume l'étincelle du sentant-sensible, quand prend ce feu qui ne cessera pas de brûler, jusqu'à ce que tel accident du corps défasse ce que nul accident n'aurait suffi à faire...

Or, dès que cet étrange système d'échanges est donné, tous les problèmes de la peinture sont là. Ils illustrent l'énigme du corps et elle les justifie. Puisque les choses et mon corps sont faits de la même étoffe, il faut que sa vision se fasse de quelque manière en elles, ou encore que leur visibilité manifeste se double en lui d'une visibilité secrète : « la nature est à l'intérieur », dit Cézanne. Qualité, lumière, couleur, profondeur, qui sont là-bas devant nous, n'y sont que parce qu'elles éveillent un écho dans notre corps, parce qu'il leur fait accueil. Cet équivalent interne, cette formule charnelle de leur présence que les choses suscitent en moi, pourquoi à leur tour ne susciteraient-ils pas un tracé, visible encore, où tout autre regard retrouvera les motifs qui soutiennent son inspection du monde? Alors paraît un visible à la deuxième puissance, essence charnelle ou icône du premier. Ce n'est pas un double affaibli, un trompe-l'œil, une autre *chose*. Les animaux peints sur la paroi de Lascaux n'y sont pas comme y est la fente ou la boursouflure du calcaire. Ils ne sont pas davantage *ailleurs*. Un peu en avant, un peu en arrière, soutenus par sa masse dont ils se servent adroitement, ils rayonnent autour d'elle sans jamais rompre leur insaisissable amarre. Je serais bien en peine de dire *où* est le tableau que je regarde. Car je ne le regarde pas comme on regarde une chose, je ne le fixe pas en son lieu, mon regard erre en lui comme dans les nimbes de l'Être, je vois selon ou avec lui plutôt que je ne le vois.

Le mot d'image est mal famé parce qu'on a cru étourdiment qu'un dessin était un décalque, une copie, une seconde chose, et l'image mentale un dessin de ce genre dans notre bric-à-brac privé. Mais si en effet elle n'est rien de pareil, le dessin et le tableau n'appartiennent pas plus qu'elle à l'en soi. Ils sont le dedans du dehors et le dehors du dedans, que rend possible la duplicité du sentir, et sans lesquels on ne comprendra jamais la quasi-présence et la visibilité imminente qui font tout le problème de l'imaginaire. Le tableau, la mimique du comédien ne sont pas des auxiliaires que j'emprunterais au monde vrai pour viser à travers eux des choses prosaïques en leur absence. L'imaginaire est beaucoup plus près et beaucoup plus loin de l'actuel : plus près puisqu'il est le diagramme de sa vie dans mon corps, sa pulpe ou son envers charnel pour la première fois exposés aux regards, et qu'en ce sens-là, comme le dit énergiquement Giacometti[1] : « Ce qui m'intéresse dans toutes les peintures, c'est la ressemblance, c'est-à-dire ce qui pour moi est la ressemblance : ce qui me fait découvrir un peu le monde extérieur. » Beaucoup plus loin, puisque le tableau n'est un analogue que selon le corps, qu'il n'offre pas à l'esprit une occasion de repenser les rapports constitutifs des choses, mais au regard pour qu'il les épouse, les traces de la vision du dedans, à la vision ce qui la tapisse intérieurement, la texture imaginaire du réel.

Dirons-nous donc qu'il y a un regard du dedans, un troisième œil qui voit les tableaux et même les images mentales, comme on a

1. G. CHARBONNIER, *Le Monologue du peintre*, Paris, 1959, p. 172.

parlé d'une troisième oreille qui saisit les messages du dehors à travers la rumeur qu'ils soulèvent en nous? A quoi bon, quand toute l'affaire est de comprendre que nos yeux de chair sont déjà beaucoup plus que des récepteurs pour les lumières, les couleurs et les lignes : des computeurs du monde, qui ont le don du visible comme on dit que l'homme inspiré a le don des langues. Bien sûr ce don se mérite par l'exercice, et ce n'est pas en quelques mois, ce n'est pas non plus dans la solitude qu'un peintre entre en possession de sa vision. La question n'est pas là : précoce ou tardive, spontanée ou formée au musée, sa vision en tout cas n'apprend qu'en voyant, n'apprend que d'elle-même. L'œil voit le monde, et ce qui manque au monde pour être tableau, et ce qui manque au tableau pour être lui-même, et, sur la palette, la couleur que le tableau attend, et il voit, une fois fait, le tableau qui répond à tous ces manques, et il voit les tableaux des autres, les réponses autres à d'autres manques. On ne peut pas plus faire un inventaire limitatif du visible que des usages possibles d'une langue ou seulement de son vocabulaire et de ses tournures. Instrument qui se meut lui-même, moyen qui s'invente ses fins, l'œil est *ce qui* a été ému par un certain impact du monde et le restitue au visible par les traces de la main. Dans quelque civilisation qu'elle naisse, de quelques croyances, et quelques motifs, de quelques pensées, de quelques cérémonies qu'elle s'entoure, et lors même qu'elle paraît vouée à autre chose, depuis Lascaux jusqu'aujourd'hui, pure ou impure, figurative ou non, la peinture ne célèbre jamais d'autre énigme que celle de la visibilité.

Ce que nous disons là revient à un truisme : le monde du peintre est un monde visible, rien que visible, un monde presque fou, puisqu'il est complet n'étant cependant que partiel. La peinture réveille, porte à sa dernière puissance un délire qui est la vision même, puisque voir c'est *avoir à distance,* et que la peinture étend cette bizarre possession à tous les aspects de l'Être, qui doivent de quelque façon se faire visibles pour entrer en elle. Quand le jeune Berenson parlait, à propos de la peinture italienne, d'une évocation des valeurs tactiles, il ne pouvait guère se tromper davantage : la peinture n'évoque rien, et notamment pas le tactile. Elle fait tout autre chose, presque l'inverse : elle donne existence visible à ce que la vision profane croit invisible, elle fait que nous n'avons pas besoin de « sens musculaire » pour avoir la voluminosité du monde. Cette vision dévorante, par-delà les « données visuelles », ouvre sur une texture de l'Être dont les messages sensoriels discrets ne sont que les ponctuations ou les césures, et que l'œil habite, comme l'homme sa maison.

Restons dans le visible au sens étroit et prosaïque : le peintre, quel qu'il soit, *pendant qu'il peint,* pratique une théorie magique de la vision. Il lui faut bien admettre que les choses passent en lui ou que, selon le dilemme sarcastique de Malebranche, l'esprit sort par les yeux pour aller se promener dans les choses, puisqu'il ne cesse d'ajuster sur elles sa voyance. (Rien n'est changé s'il ne peint pas sur le motif : il peint en tout cas parce qu'il a vu, parce que le monde, a au moins une fois, gravé en lui les chiffres du visible.) Il lui faut bien avouer, comme dit un philosophe, que la vision est miroir ou concentration de l'univers, ou que, comme dit un autre, l'ἴδιος κόσμος ouvre par elle sur un κοῖνος κόομος, enfin que la même chose est là-bas au cœur du monde et ici au cœur de la vision, la même ou, si l'on y tient, une chose *semblable,* mais selon une similitude efficace, qui est parente, genèse, métamorphose de l'être en sa vision. C'est la montagne elle-même qui, de là-bas, se fait voir du peintre, c'est elle qu'il interroge du regard.

Que lui demande-t-il au juste? De dévoiler

les moyens, rien que visibles, par lesquels elle se fait montagne sous nos yeux. Lumière, éclairage, ombres, reflets, couleur, tous ces objets de la recherche ne sont pas tout à fait des êtres réels : ils n'ont, comme les fantômes, d'existence que visuelle. Ils ne sont même que sur le seuil de la vision profane, ils ne sont communément pas vus. Le regard du peintre leur demande comment ils s'y prennent pour faire qu'il y ait soudain quelque chose, et cette chose, pour composer ce talisman du monde, pour nous faire voir le visible. La main qui pointe vers nous dans *la Ronde de Nuit* est vraiment là quand son ombre sur le corps du capitaine nous la présente simultanément de profil. Au croisement des deux vues incompossibles, et qui pourtant sont ensemble, se tient la spatialité du capitaine. De ce jeu d'ombres ou d'autres semblables, tous les hommes qui ont des yeux ont été quelque jour témoins. C'est lui qui leur faisait voir des choses et un espace. Mais il opérait en eux sans eux, il se dissimulait pour montrer la chose. Pour la voir, elle, il ne fallait pas le voir, lui. Le visible au sens profane oublie ses prémisses, il repose sur une visibilité entière qui est à recréer, et qui délivre les fantômes captifs en lui. Les modernes, comme on sait, en ont affranchi beaucoup d'autres, ils ont ajouté bien des notes sourdes à la gamme officielle de nos moyens de voir. Mais l'interrogation de la peinture vise en tout cas cette genèse secrète et fiévreuse des choses dans notre corps.

Ce n'est donc pas la question de celui qui sait à celui qui ignore, la question du maître d'école. C'est la question de celui qui ne sait pas à une vision qui sait tout, que nous ne faisons pas, qui se fait en nous. Max Ernst (et le surréalisme) dit avec raison : « De même que le rôle du poète depuis la célèbre lettre du voyant consiste à écrire sous la dictée de ce qui se pense, ce qui s'articule en lui, le rôle du peintre est de cerner et de projeter ce qui se voit en lui [2]. » Le peintre vit dans la fascination. Ses actions les plus propres — ces gestes, ces tracés dont il est seul capable, et qui seront pour les autres révélation, parce qu'ils n'ont pas les mêmes manques que lui — il lui semble qu'ils émanent des choses mêmes, comme le dessin des constellations. Entre lui et le visible, les rôles inévitablement s'inversent. C'est pourquoi tant de peintres ont dit que les choses les regardent, et André Marchand après Klee : « Dans une forêt, j'ai senti à plusieurs reprises que ce n'était pas moi qui regardais la forêt. J'ai senti, certains jours, que c'étaient les arbres qui me regardaient, qui me parlaient... Moi j'étais là, écoutant... Je crois que le peintre doit être transpercé par l'univers et non vouloir le transpercer... J'attends d'être intérieurement submergé, enseveli. Je peins peut-être pour surgir [3]. » Ce qu'on appelle inspiration devrait être pris à la lettre : il y a vraiment inspiration

2. G. Charbonnier, *id.*, p. 34.
3. G. Charbonnier, *id.*, pp. 143-145.

et expiration de l'Être, respiration dans l'Être, action et passion si peu discernables qu'on ne sait plus qui voit et qui est vu, qui peint et qui est peint. On dit qu'un homme est né à l'instant où ce qui n'était au fond du corps maternel qu'un visible virtuel se fait à la fois visible pour nous et pour soi. La vision du peintre est une naissance continuée.

On pourrait chercher dans les tableaux eux-mêmes une philosophie figurée de la vision et comme son iconographie. Ce n'est pas un hasard, par exemple, si souvent, dans la peinture hollandaise (et dans beaucoup d'autres), un intérieur désert est « digéré » par « l'œil rond du miroir[4] ». Ce regard pré-humain est l'emblème de celui du peintre. Plus complètement que les lumières, les ombres, les reflets, l'image spéculaire ébauche dans les choses le travail de vision. Comme tous les autres objets techniques, comme les outils,

4. CLAUDEL, *Introduction à la peinture hollandaise*, Paris, 1935, rééd. 1946.

comme les signes, le miroir a surgi sur le circuit ouvert du corps voyant au corps visible. Toute technique est « technique du corps ». Elle figure et amplifie la structure métaphysique de notre chair. Le miroir apparaît parce que je suis voyant-visible, parce qu'il y a une réflexivité du sensible, il la traduit et la redouble. Par lui, mon dehors se complète, tout ce que j'ai de plus secret passe dans ce *visage*, cet être plat et fermé que déjà me faisait soupçonner mon reflet dans l'eau. Schilder [5] observe que, fumant la pipe devant le miroir, je sens la surface lisse et brûlante du bois non seulement là où sont mes doigts, mais aussi dans ces doigts glorieux, ces doigts seulement visibles qui sont au fond du miroir. Le fantôme du miroir traîne dehors ma chair, et du même coup tout l'invisible de mon corps peut investir les autres corps que je vois. Désormais mon corps peut comporter des

5. P. Schilder, *The Image and appearance of the human body*, New York, 1935, rééd. 1950.

segments prélevés sur celui des autres comme ma substance passe en eux, l'homme est miroir pour l'homme. Quant au miroir il est l'instrument d'une universelle magie qui change les choses en spectacles, les spectacles en choses, moi en autrui et autrui en moi. Les peintres ont souvent rêvé sur les miroirs parce que, sous ce « truc mécanique » comme sous celui de la perspective[6], ils reconnaissaient la métamorphose du voyant et du visible, qui est la définition de notre chair et celle de leur vocation. Voilà pourquoi aussi ils ont souvent aimé (ils aiment encore : qu'on voie les dessins de Matisse) à se figurer eux-mêmes en train de peindre, ajoutant à ce qu'ils voyaient alors ce que les choses voyaient d'eux, comme pour attester qu'il y a une vision totale ou absolue, hors de laquelle rien ne demeure, et qui se referme sur eux-mêmes. Comment nommer, où placer dans le monde de l'enten-

6. Robert DELAUNAY, *Du cubisme à l'art abstrait*, cahiers publiés par Pierre Francastel, Paris, 1957.

dement ces opérations occultes, et les philtres, les idoles qu'elles préparent? Le sourire d'un monarque mort depuis tant d'années, dont parlait la *Nausée*, et qui continue de se produire et de se reproduire à la surface d'une toile, c'est trop peu de dire qu'il y est en image ou en essence : il y est lui-même en ce qu'il eut de plus vivant, dès que je regarde le tableau. L' « instant du monde » que Cézanne voulait peindre et qui est depuis longtemps passé, ses toiles continuent de nous le jeter, et sa montagne Sainte-Victoire se fait et se refait d'un bout à l'autre du monde, autrement, mais non moins énergiquement que dans la roche dure au-dessus d'Aix. Essence et existence, imaginaire et réel, visible et invisible, la peinture brouille toutes nos catégories en déployant son univers onirique d'essences charnelles, de ressemblances efficaces de significations muettes.

III

Comme tout serait plus limpide dans notre philosophie si l'on pouvait exorciser ces spectres, en faire des illusions ou des perceptions sans objet, en marge d'un monde sans équivoque! La *Dioptrique* de Descartes est cette tentative. C'est le bréviaire d'une pensée qui ne veut plus hanter le visible et décide de le reconstruire selon le modèle qu'elle s'en donne. Il vaut la peine de rappeler ce que fut cet essai, et cet échec.

Nul souci donc de coller à la vision. Il s'agit de savoir « comment elle se fait », mais dans la mesure nécessaire pour inventer en cas de besoin quelques « organes artificiels[7] » qui la corrigent. On ne raisonnera pas tant sur la lumière que nous voyons que sur celle qui du dehors entre dans nos yeux et commande la vision; et l'on se bornera là-dessus à « deux ou trois comparaisons qui aident à la concevoir » d'une manière qui explique ses propriétés connues et permette d'en déduire d'autres[8]. A prendre les choses ainsi, le mieux est de penser la lumière comme une action par contact, telle que celle des choses sur le bâton de l'aveugle. Les aveugles, dit Descartes, « voient des mains[9] ». Le modèle cartésien de la vision, c'est le toucher.

Il nous débarrasse aussitôt de l'action à distance et de cette ubiquité qui fait toute la difficulté de la vision (et aussi toute sa vertu). Pourquoi rêver maintenant sur les reflets, sur

7. *Dioptrique*, Discours VII, édition Adam et Tannery, VI, p. 165.
8. DESCARTES, *Discours I*, éd. cit. p. 83.
9. *Ibid.*, p. 84.

les miroirs? Ces doubles irréels sont une variété de choses, ce sont des effets réels comme le rebondissement d'une balle. Si le reflet ressemble à la chose même, c'est qu'il agit à peu près sur les yeux comme ferait une chose. Il trompe l'œil, il engendre une perception sans objet, mais qui n'affecte pas notre idée du monde. Dans le monde, il y a la chose même, et il y a hors d'elle cette autre chose qui est le rayon réfléchi, et qui se trouve avoir avec la première une correspondance réglée, deux individus donc, liés du dehors par la causalité. La ressemblance de la chose et de son image spéculaire n'est pour elles qu'une dénomination extérieure, elle appartient à la pensée. Le louche rapport de ressemblance est dans les choses un clair rapport de projection. Un cartésien ne *se* voit pas dans le miroir : il voit un mannequin, un « dehors » dont il a toutes raisons de penser que les autres le voient pareillement, mais qui, pas plus pour lui-même que pour eux, n'est une chair. Son « image » dans le miroir est un effet de la mécanique des choses; s'il s'y reconnaît, s'il la trouve « ressemblante », c'est sa pensée qui tisse ce lien, l'image spéculaire n'est rien *de* lui.

Il n'y a plus de puissance des icônes. Si vivement qu'elle « nous représente » les forêts, les villes, les hommes, les batailles, les tempêtes, la taille-douce ne leur ressemble pas : ce n'est qu'un peu d'encre posée çà et là sur le papier. A peine retient-elle des choses leur figure, une figure aplatie sur un seul plan, déformée, et qui *doit* être déformée — le carré en losange, le cercle en ovale — *pour* représenter l'objet. Elle n'en est l' « image » qu'à condition de « ne lui pas ressembler [10] ». Si ce n'est par ressemblance, comment agit-elle? Elle « excite notre pensée » à « concevoir », comme font les signes et les paroles « qui ne ressemblent en aucune façon aux

10. *Ibid.*, IV, pp. 112-114.

choses qu'elles signifient [11] ». La gravure nous donne des indices suffisants, des « moyens » sans équivoque pour former une idée de la chose qui ne vient pas de l'icône, qui naît en nous à son « occasion ». La magie des espèces intentionnelles, la vieille idée de la ressemblance efficace, imposée par les miroirs et les tableaux, perd son dernier argument si toute la puissance du tableau est celle d'un texte proposé à notre lecture, sans aucune promiscuité du voyant et du visible. Nous sommes dispensés de comprendre comment la peinture des choses dans le corps pourrait les *faire* sentir à l'âme, tâche impossible, puisque la ressemblance de cette peinture aux choses aurait à son tour besoin d'être vue, qu'il nous faudrait « d'autres yeux dans notre cerveau avec lesquels nous la puissions apercevoir [12] », et que le problème de la vision reste entier quand on s'est donné ces simulacres errants

11. *Ibid.*, pp. 112-114.
12. *Ibid.*, VI, p. 130.

entre les choses et nous. Pas plus que les tailles-douces, ce que la lumière trace dans nos yeux et de là dans notre cerveau ne ressemble au monde visible. Des choses aux yeux et des yeux à la vision il ne passe rien de plus que des choses aux mains de l'aveugle et de ses mains à sa pensée. La vision n'est pas la métamorphose des choses mêmes en leur vision, la double appartenance des choses au grand monde et à un petit monde privé. C'est une pensée qui déchiffre strictement les signes donnés dans le corps. La ressemblance est le résultat de la perception, non son ressort. A plus forte raison l'image mentale, la voyance qui nous rend présent ce qui est absent, n'est-elle rien comme une percée vers le cœur de l'Être : c'est encore une pensée appuyée sur des indices corporels, cette fois insuffisants, auxquels elle fait dire plus qu'ils ne signifient. Il ne reste rien du monde onirique de l'analogie...

Ce qui nous intéresse dans ces célèbres

analyses, c'est qu'elles rendent sensible que toute théorie de la peinture est une métaphysique. Descartes n'a pas beaucoup parlé de la peinture, et l'on pourrait trouver abusif de faire état de ce qu'il dit en deux pages des tailles-douces. Pourtant, s'il n'en parle qu'en passant, cela même est significatif : la peinture n'est pas pour lui une opération centrale qui contribue à définir notre accès à l'être ; c'est un mode ou une variante de la pensée canoniquement définie par la possession intellectuelle et l'évidence. Dans le peu qu'il en dit, c'est cette option qui s'exprime, et une étude plus attentive de la peinture dessinerait une autre philosophie. Il est significatif aussi qu'ayant à parler des « tableaux » il prenne pour typique le dessin. Nous verrons que la peinture entière est présente dans chacun de ses moyens d'expression : il y a un dessin, une ligne qui renferment toutes ses hardiesses. Mais ce qui plaît à Descartes dans les tailles-douces, c'est quelles gardent la forme des objets ou du moins nous en offrent des signes suffisants. Elles donnent une présentation de l'objet par son dehors ou son enveloppe. S'il avait examiné cette autre et plus profonde ouverture aux choses que nous donnent les qualités secondes, notamment la couleur, comme il n'y a pas de rapport réglé ou projectif entre elles et les propriétés vraies des choses, et comme pourtant leur message est compris de nous, il se serait trouvé devant le problème d'une universalité et d'une ouverture aux choses sans concept, obligé de chercher comment le murmure indécis des couleurs peut nous présenter des choses, des forêts, des tempêtes, enfin le monde, et peut-être d'intégrer la perspective comme cas particulier à un pouvoir ontologique plus ample. Mais il va de soi pour lui que la couleur est ornement, coloriage, que toute la puissance de la peinture repose sur celle du dessin, et celle du dessin sur le rapport réglé qui existe entre lui et l'espace en soi tel que l'enseigne la projection perspective. Le fameux mot de Pascal sur la frivolité de la peinture qui nous attache à des images dont l'original ne nous toucherait pas, c'est un mot cartésien. C'est pour Descartes une évidence qu'on ne peut peindre que des choses existantes, que leur existence est d'être étendues, et que le dessin rend possible la peinture en rendant possible la représentation de l'étendue. La peinture n'est alors qu'un artifice qui présente à nos yeux une projection semblable à celle que les choses y inscriraient et y inscrivent dans la perception commune, nous fait voir en l'absence de l'objet vrai comme on voit l'objet vrai dans la vie et notamment nous fait voir de l'espace là où il n'y en a pas [13]. Le tableau est une chose plate qui nous donne artificieusement ce que

13. Le système des moyens par lesquels elle nous fait voir est objet de science. Pouquoi donc ne produirions-nous pas méthodiquement de parfaites images du monde, une peinture universelle délivrée de l'art personnel, comme la langue universelle nous délivrerait de tous les rapports confus qui traînent dans les langues existantes?

nous verrions en présence de choses « diversement relevées » parce qu'il nous donne selon la hauteur et la largeur des signes diacritiques suffisants de la dimension qui lui manque. La profondeur est une *troisième dimension* dérivée des deux autres.

Arrêtons-nous sur elle, cela en vaut la peine. Elle a d'abord quelque chose de paradoxal : je vois des objets qui se cachent l'un l'autre, et que donc je ne vois pas, puisqu'ils sont l'un derrière l'autre. Je la vois et elle n'est pas visible, puisqu'elle se compte de notre corps aux choses, et que nous sommes collés à lui... Ce mystère est un faux mystère, je ne la vois pas vraiment, ou si je la vois, c'est une autre largeur. Sur la ligne qui joint mes yeux à l'horizon, le premier plan cache à jamais les autres, et, si latéralement je crois voir les objets échelonnés, c'est qu'ils ne se masquent pas tout à fait : je les vois donc l'un hors de l'autre, selon une largeur autrement comptée. On est toujours en deçà de la profondeur, ou au-delà. Jamais les choses ne *sont* l'une derrière l'autre. L'empiétement et la latence des choses n'entrent pas dans leur définition, n'expriment que mon incompréhensible solidarité avec l'une d'elles, mon corps, et, dans tout ce qu'ils ont de positif, ce sont des pensées que je forme et non des attributs des choses : je sais qu'en ce même moment un autre homme autrement placé — encore mieux : Dieu, qui est partout — pourrait pénétrer leur cachette et les verrait déployées. Ce que j'appelle profondeur n'est rien ou c'est ma participation à un Être sans restriction, et d'abord à l'être de l'espace par-delà tout point de vue. Les choses empiètent les unes sur les autres *parce qu'elles sont l'une hors de l'autre.* La preuve en est que je puis voir de la profondeur en regardant un tableau qui, tout le monde l'accordera, n'en a pas, et qui organise pour moi l'illusion d'une illusion... Cet être à deux dimensions, qui m'en fait voir une autre, c'est un être troué, comme disaient les hommes de la Renaissance, une fenêtre... Mais la fenêtre n'ouvre en fin de compte que sur le *partes extra partes*, sur la hauteur et la largeur qui sont seulement vues d'un autre biais, sur l'absolue positivité de l'Être.

C'est cet espace sans cachette, qui en chacun de ses points est, ni plus ni moins, ce qu'il est, c'est cette identité de l'Être qui soutient l'analyse des tailles-douces. L'espace est en soi, ou plutôt il est l'en soi par excellence, sa définition est d'être en soi. Chaque point de l'espace est et est pensé là où il est, l'un ici, l'autre là, l'espace est l'évidence du où. Orientation, polarité, enveloppement sont en lui des phénomènes dérivés, liés à ma présence. Lui repose absolument en soi, est partout égal à soi, homogène, et ses dimensions par exemple sont par définition substituables.

Comme toutes les ontologies classiques, celle-ci érige en structure de l'Être certaines propriétés des êtres, et en cela elle est vraie et fausse, on pourrait dire, en renversant le mot de Leibniz : vraie dans ce qu'elle nie et fausse dans ce qu'elle affirme. L'espace de Descartes est vrai contre une pensée assujettie à l'empirique et qui n'ose pas construire. Il fallait d'abord idéaliser l'espace, concevoir cet être parfait en son genre, clair, maniable et homogène, que la pensée survole sans point de vue, et qu'elle reporte en entier sur trois axes rectangulaires, pour qu'on pût un jour trouver les limites de la construction, comprendre que l'espace n'a pas trois dimensions, ni plus ni moins, comme un animal a quatre ou deux pattes, que les dimensions sont prélevées par les diverses métriques sur une dimensionnalité, un Être polymorphe, qui les justifie toutes sans être complètement exprimé par aucune. Descartes avait raison de délivrer l'espace. Son tort était de l'ériger en un être tout positif, au-delà de tout point de vue, de toute latence, de toute profondeur, sans aucune épaisseur vraie.

Il avait raison aussi de s'inspirer des techniques perspectives de la Renaissance : elles ont encouragé la peinture à produire librement des expériences de profondeur, et en général des présentations de l'Être. Elles n'étaient fausses que si elles prétendaient clore la recherche et l'histoire de la peinture, fonder une peinture exacte et infaillible. Panofsky l'a montré à propos des hommes de la Renaissance[14], cet enthousiasme n'était pas sans mauvaise foi. Les théoriciens tentaient d'oublier le champ visuel sphérique des Anciens, leur perspective angulaire, qui lie la grandeur apparente, non à la distance, mais à l'angle sous lequel nous voyons l'objet, ce qu'ils appelaient dédaigneusement la *perspectiva naturalis* ou *communis*, au profit d'une *perspectiva artificialis* capable en principe de fonder une construction exacte, et ils allaient, pour accréditer ce mythe, jusqu'à expurger Euclide, omettant de leurs traductions le théorème VIII qui les gênait.

14. E. PANOFSKY, *Die Perspektive als symbolische Form*, dans *Vorträge der Bibliotek Warburg*, IV (1924-1925).

Les peintres, eux, savaient d'expérience qu'aucune des techniques de la perspective n'est une solution exacte, qu'il n'y a pas de projection du monde existant qui le respecte à tous égards et mérite de devenir la loi fondamentale de la peinture, et que la perspective linéaire est si peu un point d'arrivée qu'elle ouvre au contraire à la peinture plusieurs chemins : avec les Italiens celui de la représentation de l'objet, mais avec les peintres du Nord celui du *Hochraum*, du *Nahraum*, du *Schrägraum*... Ainsi la projection plane n'excite pas toujours notre pensée à retrouver la forme vraie des choses, comme le croyait Descartes : passé un certain degré de déformation, c'est au contraire à notre point de vue qu'elle renvoie : quant aux choses, elles fuient dans un éloignement que nulle pensée ne franchit. Quelque chose dans l'espace échappe à nos tentatives de survol. La vérité est que nul moyen d'expression acquis ne résout les problèmes de la peinture, ne la transforme en technique, parce que nulle forme symbolique ne fonctionne jamais comme un stimulus : là où elle a opéré et agi, c'est conjointement avec tout le contexte de l'œuvre, et nullement par les moyens du trompe-l'œil. Le *Stilmoment* ne dispense jamais du *Wermoment*[15]. Le langage de la peinture n'est pas, lui, « institué de la Nature » : il est à faire et à refaire. La perspective de la Renaissance n'est pas un « truc » infaillible : ce n'est qu'un cas particulier, une date, un moment dans une information poétique du monde qui continue après elle.

Descartes cependant ne serait par Descartes s'il avait pensé *éliminer* l'énigme de la vision. Il n'y a pas de vision sans pensée. Mais il ne *suffit* pas de penser pour voir : la vision est une pensée conditionnée, elle naît « à l'occasion » de ce qui arrive dans le corps, elle est « excitée » à penser par lui. Elle ne choisit ni d'être ou de n'être pas, ni de penser ceci ou

15. *Ibid.*

cela. Elle doit porter en son cœur cette pesanteur, cette dépendance qui ne peuvent lui advenir par une intrusion de dehors. Tels événements du corps sont « institués de la nature » pour nous donner à voir ceci ou cela. La pensée de la vision fonctionne selon un programme et une loi qu'elle ne s'est pas donnés, elle n'est pas en possession de ses propres prémisses, elle n'est pas pensée toute présente, toute actuelle, il y a en son centre un mystère de passivité. La situation est donc celle-ci : tout ce qu'on dit et pense de la vision fait d'elle une pensée. Quand par exemple on veut comprendre comment nous voyons la situation des objets, il n'y a pas d'autre ressource que de supposer l'âme capable, sachant où sont les parties de son corps, de « transférer de là son attention » à tous les points de l'espace qui sont dans le prolongement des membres [16]. Mais ceci n'est encore qu'un « modèle » de l'événement. Car

16. DESCARTES, *op. cit.*, VI, p. 135.

cet espace de son corps qu'elle étend aux choses, ce premier *ici* d'où viendront tous les *là*, comment le sait-elle? Il n'est pas comme eux un mode quelconque, un échantillon de l'étendue, c'est le lieu du corps qu'elle appelle « sien », c'est un lieu qu'elle habite. Le corps qu'elle anime n'est pas pour elle un objet entre les objets, et elle n'en tire pas tout le reste de l'espace à titre de prémisse impliquée. Elle pense selon lui, non selon soi, et dans le pacte naturel qui l'unit à lui sont stipulés aussi l'espace, la distance extérieure. Si, pour tel degré d'accommodation et de convergence de l'œil, l'âme aperçoit telle distance, la pensée qui tire le second rapport du premier est comme une pensée immémoriale inscrite dans notre fabrique interne : « Et ceci nous arrive ordinairement sans que nous y fassions de réflexion tout de même que lorsque nous serrons quelque chose de notre main, nous la conformons à la grosseur et à la figure de ce corps et le sentons par son moyen, sans qu'il soit besoin pour cela que nous pensions à ses mouvements [17]. » Le corps est pour l'âme son espace natal et la matrice de tout autre espace existant. Ainsi la vision se dédouble : il y a la vision sur laquelle je réfléchis, je ne puis la penser autrement que comme pensée, inspection de l'Esprit, jugement, lecture de signes. Et il y a la vision qui a lieu, pensée honoraire ou instituée, écrasée dans un corps sien, dont on ne peut avoir idée qu'en l'exerçant, et qui introduit, entre l'espace et la pensée, l'ordre autonome du composé d'âme et de corps. L'énigme de la vision n'est pas éliminée : elle est renvoyée de la « pensée de voir » à la vision en acte.

Cette vision de fait, et le « il y a » qu'elle contient, ne bouleversent pourtant pas la philosophie de Descartes. Étant pensée unie à un corps, elle ne peut par définition être vraiment pensée. On peut la pratiquer, l'exercer et pour

17. *Ibid.*, p. 137.

ainsi dire l'exister, on ne peut rien en tirer qui mérite d'être dit vrai. Si, comme la reine Elizabeth, on veut à toute force en penser quelque chose, il n'y a qu'à reprendre Aristote et la Scolastique, concevoir la pensée comme corporelle, ce qui ne se conçoit pas, mais est la seule manière de formuler devant l'entendement l'union de l'âme et du corps. En vérité il est absurde de soumettre à l'entendement pur le mélange de l'entendement et du corps. Ces prétendues pensées sont les emblèmes de l' « usage de la vie », les armes parlantes de l'union, légitimes à condition qu'on ne les prenne pas pour des pensées. Ce sont les indices d'un ordre de l'existence — de l'homme existant, du monde existant — que nous ne sommes pas chargés de penser. Il ne marque sur notre carte de l'Être aucune *terra incognita*, il ne restreint pas la portée de nos pensées, parce qu'il est aussi bien qu'elle soutenu par une Vérité qui fonde son obscurité comme nos lumières. C'est jusqu'ici qu'il faut pousser pour trouver chez Descartes quelque chose comme une métaphysique de la profondeur : car cette Vérité, nous n'assistons pas à sa naissance, l'être de Dieu est pour nous abîme... Tremblement vite surmonté : il est pour Descartes aussi vain de sonder cet abîme-là que de penser l'espace de l'âme et la profondeur du visible. Sur tous ces sujets, nous sommes disqualifiés par position. Tel est ce secret d'équilibre cartésien : une métaphysique qui nous donne des raisons décisives de ne plus faire de métaphysique, valide nos évidences en les limitant, ouvre notre pensée sans la déchirer.

Secret perdu, et, semble-t-il, à jamais : si nous retrouvons un équilibre entre la science et la philosophie, entre nos modèles et l'obscurité du « il y a », il faudra que ce soit un nouvel équilibre. Notre science a rejeté aussi bien les justifications que les restrictions de champ que lui imposait Descartes. Les modèles qu'elle invente, elle ne prétend plus les déduire des attributs de Dieu. La profondeur du monde existant et celle du Dieu insondable ne viennent plus doubler la platitude de la pensée « technicisée ». Le détour par la métaphysique, que Descartes avait tout de même fait une fois dans sa vie, la science s'en dispense : elle part de ce qui fut son point d'arrivée. La pensée opérationnelle revendique sous le nom de psychologie le domaine du contact avec soi-même et avec le monde existant que Descartes réservait à une expérience aveugle, mais irréductible. Elle est fondamentalement hostile à la philosophie comme pensée au contact, et, si elle en retrouve le sens, ce sera par l'excès même de sa désinvolture, quand, ayant introduit toutes sortes de notions qui pour Descartes relèveraient de la pensée confuse — qualité, structure scalaire, solidarité de l'observateur et de l'observé — elle s'avisera soudain qu'on ne peut sommairement parler de tous ces êtres comme de *constructa*. En attendant, c'est contre elle que la philosophie se maintient, s'enfonçant dans cette dimension du composé d'âme et de corps, du monde existant, de l'Être abyssal que Descartes a ouverte et aussitôt refermée. Notre science et notre philosophie sont deux suites fidèles et infidèles du cartésianisme, deux monstres nés de son démembrement.

Il ne reste à notre philosophie que d'entreprendre la prospection du monde actuel. Nous *sommes* le composé d'âme et de corps, il faut donc qu'il y en ait une pensée : c'est à ce savoir de position ou de situation que Descartes doit ce qu'il en dit, ou ce qu'il dit quelquefois de la présence du corps « contre l'âme », ou de celle du monde extérieur « au bout » de nos mains. Ici le corps n'est plus moyen de la vision et du toucher, mais leur dépositaire. Loin que nos organes soient des instruments, ce sont nos instruments au contraire qui sont des organes rapportés. L'espace n'est plus celui dont parle la *Dioptrique,* réseau de relations entre objets, tel que le verrait un tiers témoin de ma vision, ou un géomètre qui la reconstruit et la survole, c'est un espace compté à partir de moi comme point ou degré zéro de la spatialité. Je ne le vois pas selon son enveloppe extérieure, je le vis du dedans, j'y suis englobé. Après tout, le monde est autour de moi, non devant moi. La lumière est retrouvée comme action à distance, et non plus réduite à l'action de contact, en d'autres termes conçue comme elle peut l'être par ceux qui n'y voient pas. La vision reprend son pouvoir fondamental de manifester, de montrer plus qu'elle-même. Et puisqu'il nous est dit qu'un peu d'encre suffit à faire voir des forêts et des tempêtes, il faut qu'elle ait *son* imaginaire. Sa transcendance n'est plus déléguée à un esprit lecteur qui déchiffre les impacts de la lumière-chose sur le cerveau, et qui le ferait aussi bien s'il n'avait jamais habité un corps. Il ne s'agit plus de parler de l'espace et de la lumière, mais de faire parler l'espace et la lumière qui sont là. Question interminable, puisque la vision à laquelle elle s'adresse est elle-même question. Toutes les recherches que l'on croyait closes se rouvrent. Qu'est-ce que la profondeur, qu'est-ce que la lumière, τί το ὄν — que sont-ils, non pas pour l'esprit qui se retranche du corps, mais pour celui dont Descartes a dit qu'il y était répandu — et enfin non seulement pour l'esprit, mais pour eux-mêmes, puisqu'ils nous traversent, nous englobent?

Or, cette philosophie qui est à faire, c'est elle qui anime le peintre, non quand pas il exprime des opinions sur le monde, mais à l'instant où sa vision se fait geste, quand, dira Cézanne, il « pense en peinture[18] ».

18. B. DORIVAL, *Paul Cézanne*, éd. P. Tisné, Paris, 1948 : Cézanne par ses lettres et ses témoins, pp. 103 et s.

IV

Toute l'histoire moderne de la peinture, son effort pour se dégager de l'illusionnisme et pour acquérir ses propres dimensions ont une signification métaphysique. Il ne peut être question de le démontrer. Non pour des raisons tirées des limites de l'objectivité en histoire, et de l'inévitable pluralité des interprétations, qui interdirait de lier une philosophie et un événement : la métaphysique à laquelle nous pensons n'est pas un corps d'idées séparées pour lequel on chercherait des justifications inductives dans l'empirie — et il y a dans la chair de la contingence une structure de l'événement, une vertu propre du scénario qui n'empêchent pas la pluralité des interprétations, qui même en sont la raison profonde, qui font de lui un thème durable de la vie historique et qui ont droit à un statut philosophique. En un sens, tout ce qu'on a pu dire et qu'on dira de la Révolution française a toujours été, est dès maintenant en elle, dans cette vague qui s'est dessinée sur le fond des faits parcellaires avec son écume de passé et sa crête d'avenir, et c'est toujours en regardant mieux *comment elle s'est faite* qu'on en donne et qu'on en donnera de nouvelles représentations. Quant à l'histoire des œuvres, en tout cas, si elles sont grandes, le sens qu'on leur donne après coup est issu d'elles. C'est l'œuvre elle-même qui a ouvert le champ d'où elle apparaît dans un autre jour, c'est elle qui *se* métamorphose et *devient* la suite, les réinterprétations interminables dont elle est *légitimement* susceptible ne la changent qu'en elle-même, et si l'historien retrouve sous le contenu manifeste le surplus et l'épaisseur de sens, la texture qui lui préparait un long avenir, cette manière active d'être, cette possibilité qu'il dévoile dans l'œuvre, ce monogramme qu'il y trouve fondent une méditation philosophique. Mais ce travail demande une longue familiarité avec l'histoire. Tout nous manque pour l'exécuter, et la compétence, et la place. Simplement, puisque la puissance ou la générativité des œuvres excède tout rapport positif de causalité et de filiation, il n'est pas illégitime qu'un profane, laissant parler le souvenir de quelques tableaux et de quelques livres, dise comment la peinture intervient dans ses réflexions et consigne le sentiment qu'il a d'une discordance profonde, d'une mutation dans les rapports de l'homme et de l'Être, quand il confronte massivement un univers de pensée classique avec les recherches de la peinture moderne. Sorte d'histoire par contact, qui peut-être ne sort pas des limites d'une personne, et qui pourtant doit tout à la fréquentation des autres...

« Moi je pense que Cézanne a cherché la profondeur toute sa vie », dit Giacometti [19], et Robert Delaunay : « La profondeur est l'inspiration nouvelle [20]. » Quatre siècles après les « solutions » de la Renaissance et trois siècles après Descartes, la profondeur est toujours neuve, et elle exige qu'on la cherche, non pas « une fois dans sa vie », mais toute une vie. Il ne peut s'agir de l'intervalle sans mystère que je verrais d'un avion entre ces arbres proches et les lointains. Ni non plus de l'escamotage des choses l'une par l'autre que me représente vivement un dessin perspectif : ces deux vues sont très explicites et ne posent aucune question. Ce qui fait énigme, c'est leur lien, c'est ce qui est entre elles — c'est que je voie les choses chacune à sa place précisément parce qu'elles s'éclipsent l'une l'autre —, c'est qu'elles soient rivales devant mon regard précisément parce qu'elles sont chacune en son lieu.

19. G. Charbonnier, *op. cit.*, p. 176.
20. R. Delaunay, *éd. cit.*, p. 109.

C'est leur extériorité connue dans leur enveloppement et leur dépendance mutuelle dans leur autonomie. De la profondeur ainsi comprise, on ne peut plus dire qu'elle est « troisième dimension ». D'abord, si elle en était une, ce serait plutôt la première : il n'y a de formes, de plans définis que si l'on stipule à quelle distance de moi se trouvent leurs différentes parties. Mais une dimension première et qui contient les autres n'est pas une dimension, du moins au sens ordinaire *d'un certain rapport* selon lequel on mesure. La profondeur ainsi comprise est plutôt l'expérience de la réversibilité des dimensions, d'une « localité » globale où tout est à la fois, dont hauteur, largeur et distance sont abstraites, d'une voluminosité qu'on exprime d'un mot en disant qu'une chose est là. Quand Cézanne cherche la profondeur, c'est cette déflagration de l'Être qu'il cherche, et elle est dans tous les modes de l'espace, dans la forme aussi bien. Cézanne sait déjà ce que le cubisme redira : que la forme externe, l'enveloppe, est seconde, dérivée, qu'elle n'est pas ce qui fait qu'une chose prend forme, qu'il faut briser cette coquille d'espace, rompre le compotier — et peindre, à la place, quoi? Des cubes, des sphères, des cônes, comme il l'a dit une fois? Des formes pures qui ont la solidité de ce qui peut être défini par une loi de construction interne, et qui, toutes ensemble, traces ou coupes de la chose, la laissent apparaître entre elles comme un visage entre des roseaux? Ce serait mettre la solidité de l'Être d'un côté et sa variété de l'autre. Cézanne a déjà fait une expérience de ce genre dans sa période moyenne. Il a été droit au solide, à l'espace — et constaté que dans cet espace, boîte ou contenant trop large pour elles, les choses se mettent à bouger couleur contre couleur, à moduler dans l'instabilité [21]. C'est donc ensemble qu'il faut chercher l'espace et le contenu. Le pro-

21. F. Novotny, *Cézanne und das Ende der wissenschaftlichen Perspektive*, Vienne, 1938.

blème se généralise, ce n'est plus seulement celui de la distance et de la ligne et de la forme, c'est aussi bien celui de la couleur.

Elle est « l'endroit où notre cerveau et l'univers se rejoignent », dit-il dans cet admirable langage d'artisan de l'Être que Klee aimait à citer [22]. C'est à son profit qu'il faut faire craquer la forme-spectacle. Il ne s'agit donc pas des couleurs, « simulacre des couleurs de la nature [23] », il s'agit de la dimension de couleur, celle qui crée d'elle-même à elle-même des identités, des différences, une texture, une matérialité, un quelque chose... Pourtant décidément il n'y a pas de recette du visible, et la seule couleur pas plus que l'espace n'en est une. Le retour à la couleur a le mérite d'amener un peu plus près du « cœur des choses [24] » : mais il est au-delà de la couleur-

22. W. GROHMANN, *Paul Klee*, trad. fr. Paris, 1954, p. 141.

23. R. DELAUNAY, *éd. cit.*, p. 118.

24. P. KLEE, voir son *Journal*, trad. fr .P. Klossowski, Paris, 1959.

enveloppe comme de l'espace-enveloppe. Le *Portrait de Vallier* ménage entre les couleurs des blancs, elles ont pour fonction désormais de façonner, de découper un être plus général que l'être-jaune ou l'être-vert ou l'être-bleu – comme dans les aquarelles des dernières années, l'espace, dont on croyait qu'il est l'évidence même et qu'à son sujet du moins la question *où* ne se pose pas, rayonne autour de plans qui ne sont en nul lieu assignable, « superposition de surfaces transparentes », « mouvement flottant de plans de couleur qui se recouvrent, qui avancent et qui reculent[25] ».

Comme on voit, il ne s'agit plus d'ajouter une dimension aux deux dimensions de la toile. d'organiser une illusion ou une perception sans objet dont la perfection serait de ressembler autant que possible à la vision empirique. La profondeur picturale (et aussi bien la hauteur et la largeur peintes) viennent

25. Georg SCHMIDT, *Les aquarelles de Cézanne*, p. 21.

on ne sait d'où se poser, germer sur le support. La vision du peintre n'est plus regard sur un *dehors*, relation « physique-optique [26] » seulement avec le monde. Le monde n'est plus devant lui par représentation : c'est plutôt le peintre qui naît dans les choses comme par concentration et venue à soi du visible, et le tableau finalement ne se rapporte à quoi que ce soit parmi les choses empiriques qu'à condition d'être d'abord « autofiguratif »; il n'est spectacle de quelque chose qu'en étant « spectacle de rien [27] », en crevant la « peau des choses [28] » pour montrer comment les choses se font choses et le monde monde. Apollinaire disait qu'il y a dans un poème des phrases qui ne semblent pas avoir été *créées*, qui semblent s'être *formées*. Et Henri Michaux que quelquefois les couleurs de Klee semblent nées

26. P. Klee, *op. cit.*

27. Ch. P. Bru, *Esthétique de l'abstraction*, Paris, 1959, pp. 86 et 99.

28. Henri Michaux, *Aventures de lignes.*

lentement sur la toile, émanées d'un fond primordial, « exhalées au bon endroit[29] » comme une patine ou une moisissure. L'art n'est pas construction, artifice, rapport industrieux à un espace et à un monde du dehors. C'est vraiment le « cri inarticulé » dont parle Hermès Trismégiste, « qui semblait la voix de la lumière ». Et, une fois là, il réveille dans la vision ordinaire des puissances dormantes un secret de préexistence. Quand je vois à travers l'épaisseur de l'eau le carrelage au fond de la piscine, je ne le vois pas malgré l'eau, les reflets, je le vois justement à travers eux, par eux. S'il n'y avait pas ces distorsions, ces zébrures de soleil, si je voyais sans cette chair la géométrie du carrelage, c'est alors que je cesserais de le voir comme il est, où il est, à savoir : plus loin que tout lieu identique. L'eau elle-même, la puissance aqueuse, l'élément sirupeux et miroitant, je ne peux pas dire qu'elle soit *dans* l'espace : elle n'est pas

29. Henri Michaux, *ibid.*

ailleurs, mais elle n'est pas dans la piscine. Elle l'habite, elle s'y matérialise, elle n'y est pas contenue, et si je lève les yeux vers l'écran des cyprès où joue le réseau des reflets, je ne puis contester que l'eau le visite aussi, ou du moins y envoie son essence active et vivante. C'est cette animation interne, ce rayonnement du visible que le peintre cherche sous les noms de profondeur, d'espace, de couleur.

Quand on y pense, c'est un fait étonnant que souvent un bon peintre fasse aussi de bon dessin ou de bonne sculpture. Ni les moyens d'expression, ni les gestes n'étant comparables, c'est la preuve qu'il y a un système d'équivalences, un Logos des lignes, des lumières, des couleurs, des reliefs, des masses, une présentation sans concept de l'Être universel. L'effort de la peinture moderne n'a pas tant consisté à choisir entre la ligne et la couleur, ou même entre la figuration des choses et la création de signes, qu'à multiplier les systèmes d'équivalences, à rompre leur adhérence à l'enveloppe des choses, ce qui peut exiger qu'on crée de nouveaux matériaux ou de nouveaux moyens d'expression, mais se fait quelquefois par réexamen et réinvestissement de ceux qui existaient déjà. Il y a eu par exemple une conception prosaïque de la ligne comme attribut positif et propriété de l'objet en soi. C'est le contour de la pomme ou la limite du champ labouré et de la prairie tenus pour présents dans le monde, pointillés sur lesquels le crayon ou le pinceau n'auraient plus qu'à passer. Cette ligne-là est contestée par toute la peinture moderne, probablement par toute peinture, puisque Vinci dans le *Traité de la Peinture* parlait de « découvrir dans chaque objet... la manière particulière dont se dirige à travers toute son étendue... une certaine ligne flexueuse qui est comme son axe générateur [30] ». Ravaisson et Bergson ont senti là quelque chose d'important sans oser déchiffrer jusqu'au bout l'oracle.

30. RAVAISSON, cité par H. BERGSON, *La vie et l'œuvre de Ravaisson*, dans *La Pensée et le mouvant*, Paris, 1934.

Bergson ne cherche guère le « serpentement individuel » que chez les êtres vivants, et c'est assez timidement qu'il avance que la ligne onduleuse « peut n'être aucune des lignes visibles de la figure », qu' « elle n'est pas plus ici que là » et pourtant « donne la clef de tout [31] ». Il est sur le seuil de cette découverte saisissante, déjà familière aux peintres, qu'il n'y a pas de lignes visibles en soi, que ni le contour de la pomme, ni la limite du champ et de la prairie n'est ici ou là, qu'ils sont toujours en deçà ou au-delà du point où l'on regarde, toujours entre ou derrière ce que l'on fixe, indiqués, impliqués, et même très impérieusement exigés par les choses, mais non pas choses eux-mêmes. Ils étaient censés circonscrire la pomme ou la prairie, mais la pomme et la prairie « se forment » d'elles-mêmes et descendent dans le visible comme venues d'un arrière-monde préspatial... Or la contestation de la ligne prosaïque n'exclut nullement toute

31. H. Bergson, *ibid.*, pp. 264-265.

ligne de la peinture comme peut-être les Impressionnistes l'ont cru. Il n'est question que de la libérer, de faire revivre son pouvoir constituant, et c'est sans aucune contradiction qu'on la voit reparaître et triompher chez des peintres comme Klee ou comme Matisse qui ont cru plus que personne à la couleur. Car désormais, selon le mot de Klee, elle n'imite plus le visible, elle « rend visible », elle est l'épure d'une genèse des choses. Jamais peut-être avant Klee on n'avait « laissé rêver une ligne[32] ». Le commencement du tracé établit, installe un certain niveau ou mode du linéaire, une certaine manière pour la ligne d'être et de se faire ligne, « d'aller ligne[33] ». Par rapport à lui, toute inflexion qui suit aura valeur diacritique, sera un rapport à soi de la ligne, formera une aventure, une histoire, un sens de la ligne, selon qu'elle déclinera plus ou moins, plus ou moins vite, plus ou moins subtilement.

Cheminant dans l'espace, elle ronge cepen-

32 et 33. H. MICHAUX, *id.*

dant l'espace prosaïque et le *partes extra partes*, elle développe une manière de s'étendre activement dans l'espace qui sous-tend aussi bien la spatialité d'une chose que celle d'un pommier ou d'un homme. Simplement, pour donner l'axe générateur d'un homme, le peintre, dit Klee, « aurait besoin d'un lacis de lignes à ce point embrouillé qu'il ne saurait plus être question d'une représentation véritablement élémentaire [34] ». Qu'il décide alors, comme Klee, de se tenir rigoureusement au principe de la genèse du visible, de la peinture fondamentale, indirecte, ou comme Klee disait, absolue — confiant au *titre* le soin de désigner par son nom prosaïque l'être ainsi constitué, pour laisser la peinture fonctionner plus purement comme peinture — ou qu'au contraire, comme Matisse dans ses dessins, il croie pouvoir mettre dans une ligne unique et le signalement prosaïque de l'être, et la sourde opération qui compose en lui la mollesse ou l'inertie

34. W. GROHMANN, *Klee*, *op. cit.*, p. 192.

et la force pour le constituer *nu*, *visage* ou *fleur*, cela ne fait pas entre eux tant de différence. Il y a deux feuilles de houx que Klee a peintes à la manière la plus figurative, et qui sont rigoureusement indéchiffrables d'abord, qui restent jusqu'au bout monstrueuses, incroyables, fantomatiques *à force « d'exactitude »*. Et les femmes de Matisse (qu'on se rappelle les sarcasmes des contemporains) n'étaient pas immédiatement des femmes, elles le sont devenues : c'est Matisse qui nous a appris à voir ses contours, non pas à la manière « physique-optique », mais comme des nervures, comme les axes d'un système d'activité et de passivité charnelles. Figurative ou non, la ligne en tout cas n'est plus imitation des choses ni chose. C'est un certain déséquilibre ménagé dans l'indifférence du papier blanc, c'est un certain forage pratiqué dans l'en soi, un certain vide constituant, dont les statues de Moore montrent péremptoirement qu'il porte la prétendue posivité des choses. La ligne n'est plus, comme en géométrie classique, l'apparition d'un être sur le vide du fond ; elle est, comme dans les géométries modernes, restriction, ségrégation, modulation d'une spatialité préalable.

Comme elle a créé la ligne latente, la peinture s'est donné un mouvement sans déplacement, par vibration ou rayonnement. Il le faut bien, puisque comme on dit, la peinture est un art de l'espace, qu'elle se fait sur la toile ou le papier, et n'a pas la ressource de fabriquer des mobiles. Mais la toile immobile pourrait suggérer un changement de lieu comme la trace de l'étoile filante sur ma rétine me suggère une transition, un mouvoir qu'elle ne contient pas. Le tableau fournirait à mes yeux à peu près ce que les mouvements réels leur fournissent : des vues instantanées en série, convenablement brouillées, avec, s'il s'agit d'un vivant, des attitudes instables en suspens entre un avant et un après, bref les dehors du changement de lieu que le spectateur lirait dans sa trace. C'est ici que la fameuse remarque de Rodin prend son importance : les vues instantanées, les attitudes instables pétrifient le mouvement — comme le montrent tant de photographies où l'athlète est à jamais figé. On ne le dégèlerait pas en multipliant les vues. Les photographies de Marey, les analyses cubistes, la *Mariée* de Duchamp ne bougent pas : elles donnent une rêverie zénonienne sur le mouvement. On voit un corps rigide comme une armure qui fait jouer ses articulations, il est ici et il est là, magiquement, mais il ne *va* pas d'ici à là. Le cinéma donne le mouvement, *mais comment*? Est-ce, comme on croit, en copiant de plus près le changement de lieu? On peut présumer que non, puisque le ralenti donne un corps flottant entre les objets comme une algue, et qui ne *se meut* pas. Ce qui donne le mouvement, dit Rodin [35], c'est une image où les bras, les jambes, le tronc, la tête sont

35. RODIN, *L'art*, entretiens réunis par Paul Gsell, Paris, 1911.

pris chacun à un autre instant, qui donc figure le corps dans une attitude qu'il n'a eue à aucun moment, et impose entre ses parties des raccords fictifs, comme si cet affrontement d'incompossibles pouvait et pouvait seul faire sourdre dans le bronze et sur la toile la transition et la durée. Les seuls instantanés réussis d'un mouvement sont ceux qui approchent de cet arrangement paradoxal, quand par exemple l'homme marchant a été pris au moment où ses deux pieds touchaient le sol : car alors on a presque l'ubiquité temporelle du corps qui fait que l'homme *enjambe* l'espace. Le tableau fait voir le mouvement par sa discordance interne; la position de chaque membre, justement par ce qu'elle a d'incompatible avec celle des autres selon la logique du corps, est autrement datée, et comme tous restent visiblement dans l'unité d'un corps, c'est lui qui se met à enjamber la durée. Son mouvement est quelque chose qui se prémédite entre les jambes, le tronc, les bras, la tête, en quelque foyer virtuel, et il n'éclate qu'ensuite en changement de lieu. Pourquoi le cheval photographié à l'instant où il ne touche pas le sol, en plein mouvement donc, ses jambes presque repliées sous lui, a-t-il l'air de sauter sur place? Et pourquoi par contre les chevaux de Géricault courent-ils sur la toile, dans une posture pourtant qu'aucun cheval au galop n'a jamais prise? C'est que les chevaux du *Derby d'Epsom* me donnent à voir la prise du corps sur le sol, et que, selon une logique du corps et du monde que je connais bien, ces prises sur l'espace sont aussi des prises sur la durée. Rodin a ici un mot profond : « C'est l'artiste qui est véridique et c'est la photo qui est menteuse, car, dans la réalité, le temps ne s'arrête pas [36]. » La photographie maintient ouverts les instants que la poussée du temps referme aussitôt, elle détruit le dépassement, l'empiétement, la « métamorphose » du temps, que la

36. *Id.*, p. 86. Rodin emploie le mot cité plus loin de « métamorphose ».

peinture rend visibles au contraire, parce que les chevaux ont en eux le « quitter ici, aller là [37] », parce qu'ils ont un pied dans chaque instant. La peinture ne cherche pas le dehors du mouvement, mais ses chiffres secrets. Il en est de plus subtils que ceux dont Rodin parle : toute chair, et même celle du monde, rayonne hors d'elle-même. Mais que, selon les époques et selon les écoles, on s'attache davantage au mouvement manifeste ou au monumental, la peinture n'est jamais tout à fait hors du temps, parce qu'elle est toujours dans le charnel.

On sent peut-être mieux maintenant tout ce que porte ce petit mot : voir. La vision n'est pas un certain mode de la pensée ou présence à soi : c'est le moyen qui m'est donné d'être absent de moi-même, d'assister du dedans à la fission de l'Être, au terme de laquelle seulement je me ferme sur moi.

Les peintres l'ont toujours su. Vinci [38] invo-

37. Henri MICHAUX.
38. Cité par Robert DELAUNAY, *op. cit.*, p. 175.

que une « science picturale » qui ne parle pas par mots (et encore bien moins par nombres), mais par des œuvres qui existent dans le visible à la manière des choses naturelles, et qui pourtant se communique par elles « à toutes les générations de l'univers ». Cette science silencieuse, qui, dira Rilke à propos de Rodin, fait passer dans l'œuvre les formes des choses « non décachetées [39] », elle vient de l'œil et s'adresse à l'œil. Il faut comprendre l'œil comme la « fenêtre de l'âme ». « L'œil... par qui la beauté de l'univers est révélée à notre contemplation, est d'une telle excellence que quiconque se résignerait à sa perte se priverait de connaître toutes les œuvres de la nature dont la vue fait demeurer l'âme contente dans la prison du corps, grâce aux yeux qui lui représentent l'infinie variété de la création : qui les perd abandonne cette âme dans une obscure prison où cesse toute espérance de revoir le

39. Rilke, *Auguste Rodin*, Paris, 1928, p. 150.

soleil, lumière de l'univers. » L'œil accomplit le prodige d'ouvrir à l'âme ce qui n'est pas âme, le bienheureux domaine des choses, et leur dieu, le soleil. Un cartésien peut croire que le monde existant n'est pas visible, que la seule lumière est d'esprit, que toute vision se fait en Dieu. Un peintre ne peut consentir que notre ouverture au monde soit illusoire ou indirecte, que ce que nous voyons ne soit pas le monde même, que l'esprit n'ait affaire qu'à ses pensées ou à un autre esprit. Il accepte avec toutes ses difficultés le mythe des fenêtres de l'âme : il faut que ce qui est sans lieu soit astreint à un corps, bien plus : soit initié par lui à tous les autres et à la nature. Il faut prendre à la lettre ce que nous enseigne la vision : que par elle nous touchons le soleil, les étoiles, nous sommes en même temps partout, aussi près des lointains que des choses proches, et que même notre pouvoir de nous imaginer ailleurs — « Je suis à Pétersbourg dans mon lit, à Paris, mes yeux voient le soleil[40] » — de viser librement, où qu'ils soient, des êtres réels, emprunte encore à la vision, remploie des moyens que nous tenons d'elle. Elle seule nous apprend que des êtres différents, « extérieurs », étrangers l'un à l'autre, sont pourtant absolument *ensemble*, la « simultanéité » — mystère que les psychologues manient comme un enfant des explosifs. Robert Delaunay dit brièvement : « Le chemin de fer est l'image du successif qui se rapproche du parallèle : la parité des rails[41]. » Les rails qui convergent et ne convergent pas, qui convergent *pour* rester là-bas équidistants, le monde qui est selon ma perspective *pour être* indépendant de moi, qui est pour moi *afin* d'être sans moi, d'être monde. Le « quale visuel[42] » me donne et me donne seul la présence de ce qui n'est pas moi, de ce qui est simplement et pleinement. Il le fait parce que, comme texture, il est la concrétion d'une universelle visibilité, d'un unique Espace qui

40, 41, 42. Robert DELAUNAY, *op. cit.*, pp. 115 et 110.

sépare et qui réunit, qui soutient toute cohésion (et même celle du passé et de l'avenir, puisqu'elle ne serait pas s'ils n'étaient parties au même Espace). Chaque quelque chose visuel, tout individu qu'il est, fonctionne aussi comme dimension, parce qu'il se donne comme résultat d'une déhiscence de l'Être. Ceci veut dire finalement que le propre du visible est d'avoir une doublure d'invisible au sens strict, qu'il rend présent comme une certaine absence. « A leur époque, nos antipodes d'hier, les Impressionnistes, avaient pleinement raison d'établir leur demeure parmi les rejets et les broussailles du spectacle quotidien. Quant à nous, notre cœur bat pour nous amener vers les profondeurs... Ces étrangetés deviendront... des réalités... Parce qu'au lieu de se borner à la restitution diversement intense du visible, elles y annexent encore la part de l'invisible aperçu occultement [43]. » Il y a ce

43. KLEE, *Conférence d'Iéna*, 1924, d'après W. GROHMANN, *op. cit.*, p. 365.

qui atteint l'œil de face, les propriétés frontales du visible — mais aussi ce qui l'atteint d'en bas, la profonde latence posturale où le corps se lève pour voir — et il y a ce qui atteint la vision par en dessus, tous les phénomènes du vol, de la natation, du mouvement, où elle participe, non plus à la pesanteur des origines, mais aux accomplissements libres [44]. Le peintre, par elle, touche donc aux deux extrémités. Au fond immémorial du visible quelque chose a bougé, s'est allumé, qui envahit son corps, et tout ce qu'il peint est une réponse à cette suscitation, sa main « rien que l'instrument d'une lointaine volonté ». La vision est la rencontre, comme à un carrefour, de tous les aspects de l'Être. « Certain feu prétend vivre, il s'éveille; se guidant le long de la main conductrice, il atteint le support et l'envahit, puis ferme, étincelle bondissante, le cercle qu'il devait tracer : retour à l'œil et au-delà [45]. » Dans ce

44. Klee, *Wege des Naturstudiums*, 1923, d'après G. di San Lazzaro, *Klee*.

45. Klee, cité par W. Grohmann, *op. cit.*, p. 99.

circuit, nulle rupture, impossible de dire qu'ici finit la nature et commence l'homme ou l'expression. C'est donc l'Être muet qui lui-même en vient à manifester son propre sens. Voilà pourquoi le dilemme de la figuration et de la non-figuration est mal posé : il est à la fois vrai et sans contradiction que nul raisin n'a jamais été ce qu'il est dans la peinture la plus figurative, et que nulle peinture, même abstraite, ne peut éluder l'Être, que le raisin du Caravage est le raisin même [46]. Cette précession de ce qui est sur ce qu'on voit et fait voir, de ce qu'on voit et fait voir sur ce qui est, c'est la vision même. Et, pour donner la formule ontologique de la peinture, c'est à peine s'il faut forcer les mots du peintre, puisque Klee écrivait à trente-sept ans ces mots que l'on a gravés sur sa tombe : « Je suis insaisissable dans l'immanence... [47]. »

46. A. Berne-Joffroy, *Le dossier Caravage*, Paris, 1959, et Michel Butor, *La Corbeille de l'Ambrosienne*, NRF, 1960.
47. Klee, *Journal*, *op. cit.*

V

Parce que profondeur, couleur, forme, ligne, mouvement, contour, physionomie sont des rameaux de l'Être, et que chacun d'eux peut ramener toute la touffe, il n'y a pas en peinture de « problèmes » séparés, ni de chemins vraiment opposés, ni de « solutions » partielles, ni de progrès par accumulation, ni d'options sans retour. Il n'est jamais exclu que le peintre reprenne l'un des emblèmes qu'il avait écartés, bien entendu en le faisant parler autrement : les contours de Rouault ne sont pas les contours d'Ingres. La lumière — « vieille sultane, dit Georges Limbour, dont les charmes se sont flétris au début de ce siècle[48] » — chassée d'abord par les peintres de la matière, reparaît enfin chez Dubuffet comme une certaine texture de la matière. On n'est jamais à l'abri de ces retours. Ni des convergences les moins attendues : il y a des fragments de Rodin qui sont des statues de Germaine Richier, *parce qu'ils étaient sculpteurs,* c'est-à-dire reliés à un seul et même réseau de l'Être. Pour la même raison, rien n'est jamais acquis. En « travaillant » l'un de ses bien-aimés problèmes, fût-ce celui du velours ou de la laine, le vrai peintre bouleverse à son insu les données de tous les autres. Même quand elle a l'air d'être partielle, sa recherche est toujours totale. Au moment où il vient d'acquérir un certain savoir-faire, il s'aperçoit qu'il a ouvert un autre champ où tout ce qu'il a pu exprimer auparavant est à redire autrement. De sorte que ce qu'il a trouvé, il ne l'a pas encore, c'est

48. G. Limbour, *Tableau bon levain à vous de cuire la pâte ; l'art brut de Jean Dubuffet*, Paris, 1953.

encore à chercher, la trouvaille est ce qui appelle d'autres recherches. L'idée d'une peinture universelle, d'une totalisation de la peinture, d'une peinture toute réalisée est dépourvue de sens. Durerait-il des millions d'années encore, le monde, pour les peintres, s'il en reste, sera encore à peindre, il finira sans avoir été achevé. Panofsky montre que les « problèmes » de la peinture, ceux qui aimantent son histoire, sont souvent résolus de biais, non pas dans la ligne des recherches qui d'abord les avaient posés, mais au contraire quand les peintres, au fond de l'impasse, paraissent les oublier, se laissent attirer ailleurs, et soudain en pleine diversion les retrouvent et franchissent l'obstacle. Cette historicité sourde qui avance dans le labyrinthe par détours, transgression, empiétement et poussées soudaines, ne signifie pas que le peintre ne sait pas ce qu'il veut, mais que ce qu'il veut est en deçà des buts et des moyens, et commande de haut toute notre activité *utile*.

Nous sommes tellement fascinés par l'idée classique de l'adéquation intellectuelle que cette « pensée » muette de la peinture nous laisse quelquefois l'impression d'un vain remous de significations, d'une parole paralysée ou avortée. Et si l'on répond que nulle pensée ne se détache tout à fait d'un support, que le seul privilège de la pensée parlante est d'avoir rendu le sien maniable, que pas plus que celles de la peinture les figures de la littérature et de la philosophie ne sont vraiment acquises, ne se cumulent en un stable trésor, que même la science apprend à reconnaître une zone du « fondamental » peuplée d'êtres épais, ouverts, déchirés, dont il n'est pas question de traiter exhaustivement, comme l' « information esthétique » des cybernéticiens ou les « groupes d'opérations » mathématico-physiques, et qu'enfin nous ne sommes nulle part en état de dresser un bilan objectif, ni de penser un progrès en soi, que c'est toute l'histoire humaine qui en un certain sens est stationnaire, quoi, dit l'entendement, comme Lamiel, *n'est-ce que cela?* Le plus haut point de la raison est-il de constater ce glissement du sol sous nos pas, de nommer pompeusement interrogation un état de stupeur continuée, recherche un cheminement en cercle, Être ce qui n'est jamais tout à fait?

Mais cette déception est celle du faux imaginaire, qui réclame une positivité qui comble exactement son vide. C'est le regret de n'être pas tout. Regret qui n'est pas même tout à fait fondé. Car si, ni en peinture, ni même ailleurs, nous ne pouvons établir une hiérarchie des civilisations ni parler de progrès, ce n'est pas que quelque destin nous retienne en arrière, c'est plutôt qu'en un sens la première des peintures allait jusqu'au fond de l'avenir. Si nulle peinture n'achève la peinture, si même nulle œuvre ne s'achève absolument, chaque création change, altère, éclaire, approfondit, confirme, exalte, recrée ou crée d'avance toutes les autres. Si les créations ne sont pas un acquis, ce n'est pas seulement que, comme toutes choses, elles passent, c'est aussi qu'elles ont presque toute leur vie devant elles.

Le Tholonet, juillet-août 1960.

DU MÊME AUTEUR

Aux Éditions Gallimard

PHÉNOMÉNOLOGIE DE LA PERCEPTION.

HUMANISME ET TERREUR *(Essai sur le problème communiste).*

ÉLOGE DE LA PHILOSOPHIE.

LES AVENTURES DE LA DIALECTIQUE.

SIGNES.

LE VISIBLE ET L'INVISIBLE.

L'ŒIL ET L'ESPRIT.

RÉSUMÉS DE COURS. COLLÈGE DE FRANCE 1952-1960.

LA PROSE DU MONDE.

Chez d'autres éditeurs

LA STRUCTURE DU COMPORTEMENT *(Presses Universitaires de France).*

SENS ET NON-SENS *(Éditions Nagel).*

Reproduit et achevé d'imprimer
par l'Imprimerie Floch
à Mayenne, le 28 mars 1990.
Dépôt légal : mars 1990.
1er dépôt légal dans la même collection : mars 1985.
Numéro d'imprimeur : 29225.

ISBN 2-07-032290-4 / Imprimé en France.

48928